KANOMONO

夢みる夢子

YUMEMIRU Yumeko

文芸社

自分の夢に向かって努力をする。

それが私の歩く道である。

そして多分それは全ての物から、

自由に解き放たれる為の、

道程でもある。

KANOMONO

目　次

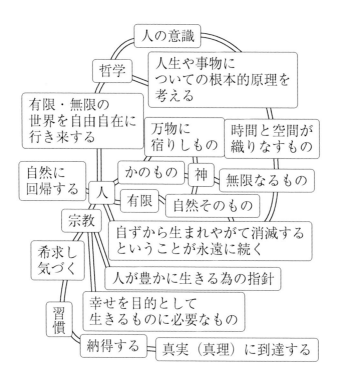

人の意識

哲学

人生や事物に
ついての根本的原理を
考える

有限・無限の
世界を自由自在に
行き来する

万物に
宿りしもの

時間と空間が
織りなすもの

自然に
回帰する

かのもの

神

無限なるもの

人

有限

自然そのもの

宗教

自ずから生まれやがて消滅する
ということが永遠に続く

希求し
気づく

人が豊かに生きる為の指針

習慣

幸せを目的として
生きるものに必要なもの

納得する

真実（真理）に到達する

これらは、自分の実際の体験から
割り出した、自分なりの定義である。

序章

　私は「KANOMONO」である。

　滅びゆく肉体と精神を持ちながら、しかも不滅である「KANOMONO」である。

　この言葉に驕り高ぶった精神を感じとられるだろうか？

「KANOMONO」とは、私がずっと心の中で、全ての元、根元的なるもの、絶対的なるものと呼んでいたもののことである。

目には見えず、手に触れることも出来ない
が、それは確かに存在する。

　ここで言う「KANOMONO」とは、神と
いう言葉に置き換えることの出来るものであ
るが、全ての人、全ての物、この宇宙の万物
に宿りしもののことである。
　そしてその神とは、偶像崇拝に用いられる
ような名前ある神、例えばキリストや仏陀等
形あるもののことではないが、ある意味、そ
れをも内蔵するような大きなもののことである。

以下、私が神と呼んでいるものは、全ての自然を司る人智の及ばぬ力そのもののことである。

　そしてこの本のテーマは、人が限られた時間の中で最大限有意義に生きることについてである。

　神様が振ったのか、はたまた自分自身が振ったのか、人生すごろくゲームのサイコロは、一体どこまで転げていくのだろう。

　2018年の秋、大きな転換期を迎えて身辺が慌しくなった。

2008年、私がＩ・ターンとして自然農を始めた村は総世帯数５軒という限界集落であり、総人数は子供を含めてたったの11人であった。

　全ての文化的発展から取り残されたような辺境の地であり、まるでパンドラの箱をぶちまけたような毒虫や蛇の動めく地ではあったが、パンドラの箱にひとつ残された希望のように、文明的な豊かさとは対照的な、いわゆる昔ながらの自然が豊かに息づき、その地の上を行く雲や青い空も、生活道の側に生い茂る木々の青さも、流れる水の清らかさも、何か特別な露に育まれたもののように生き生き

とした輝きを放っていた。

　私は54歳の時、なんの経験もなくほとんどいきなり土と対峙し始めたのである。その頃巷では、農薬の問題が大きくクローズアップされ、私の中で食に対する不信感が日毎に強くなっていった。

　何故人はお金を出してまで、体に危険なものを手に入れなければいけないのか？

　そんな社会のシステムにも疑問が湧き起こったが、先ずは自分に出来ることは何かと考えた。又正しい物を食べたいという欲求と

郵便はがき

料金受取人払郵便

新宿局承認

3971

差出有効期間
2022年7月
31日まで
（切手不要）

160-8791

141

東京都新宿区新宿1－10－1

（株）文芸社

　　　愛読者カード係 行

‖‖‖ı‖‖ııı‖‖ı‖‖‖‖‖ı‖‖ı‖ı‖‖ı‖‖ı‖ı‖‖ı‖ı‖‖ı‖ı‖ı‖‖ı‖‖ı‖ı‖‖ı‖

ふりがな お名前		明治　大正 昭和　平成	年生　歳
ふりがな ご住所	□□□-□□□□	性別	男・女
お電話 番　号	（書籍ご注文の際に必要です）	ご職業	
E-mail			

ご購読雑誌（複数可）	ご購読新聞
	新聞

最近読んでおもしろかった本や今後、とりあげてほしいテーマをお教えください。

ご自分の研究成果や経験、お考え等を出版してみたいというお気持ちはありますか。

ある　　　　ない　　　内容・テーマ（　　　　　　　　　　　　　　　　　　　　）

現在完成した作品をお持ちですか。

ある　　　　ない　　　ジャンル・原稿量（　　　　　　　　　　　　　　　　　）

書　名	

お買上書　店	都道府県	市区郡	書店名			書店
			ご購入日	年	月	日

本書をどこでお知りになりましたか?
　1.書店店頭　2.知人にすすめられて　3.インターネット(サイト名　　　　　　)
　4.DMハガキ　5.広告、記事を見て(新聞、雑誌名　　　　　　　　　　　　　　)

上の質問に関連して、ご購入の決め手となったのは?
　1.タイトル　2.著者　3.内容　4.カバーデザイン　5.帯
　その他ご自由にお書きください。
　(　　　　　　　　　　　　　　　　　　　　　　　　　　　　　　　　　　)

本書についてのご意見、ご感想をお聞かせください。
①内容について

②カバー、タイトル、帯について

 弊社Webサイトからもご意見、ご感想をお寄せいただけます。

ご協力ありがとうございました。
※お寄せいただいたご意見、ご感想は新聞広告等で匿名にて使わせていただくことがあります。
※お客様の個人情報は、小社からの連絡のみに使用します。社外に提供することは一切ありません。

■書籍のご注文は、お近くの書店または、ブックサービス(☎0120-29-9625)、
　セブンネットショッピング(http://7net.omni7.jp/)にお申し込み下さい。

共にマンネリ化した生活の中で自分の体が悪

くなっていく感覚や、自分に残された時間が、

このままズルズルと過ぎていくことへの恐怖。

　そして自分が朽ちていく未来が見えてくる

ことへの焦り等がごちゃまぜになって、「こ

のままではいけない」と、どうしようもなく

私を奮い立たせた。

　母が亡くなって、父の為にと実家に戻った

自分ではあったが、人は確かに自分の道しか

歩けないものである。

　私は、自分の奥底から湧いてくる激しい思

いを抑えることが出来なかった。

お金もない、技術もない、知り合いもない、自信もない。「ない」をいっぱい抱え込んで、自分は一体この地でどうやって生き残れるだろうかと真剣に考えた。

　自然農を始めた当初、自然の厳しさを痛感したが、失敗を繰り返すうちに自分の自然への関わり方が悪いのだと気づいた。

　京都の街中で、何不自由なく生きてきた自分が、気づいていなかった自然というものがそこにはあった。

　今まで一体何を見てきたのだろう。

　少しずつ時間が重なって、細かい夢のかけ

らだったものが、ひとつひとつ現実のものと

なり、時が経ち全てのものが繋がって、私の

中で生き生きと息づいてきた。

　結果を省みず、実践にのみ集中した10年

の行為の結果を、今正に受けとろうとしてい

るのである。

　人は夢や希望に向かって歩くものであるが、

その糧となっているものは、日々の労動の中

で経験する様々な問題点とそれに伴う苦い失

敗の数々である。

　しかし、この日々のハードな畑仕事もこの

10年間辛いと思ったことは一度もなく、早

く次の日の朝が訪れて続きの仕事をしたいと夜寝る前に思う程楽しく思えた。

楠（私がＩ・ターンとして住んでいた村）に来てから、何度「さみしくない？」と聞かれたことだろう。心の奥の真実の言葉で「否」である。寂しいと思う必要は全くないと断言できる。生かされて「ある」命が嬉しくて仕方ないのである。日々やるべきことも山積みにあり、寂しいと考えている暇はないのである。

命があって嬉しいとはやはり大きな病気をしてさらに強くなった気持ちであるが、逆に

寂しがるとはどう言うことなのかと思う。

　考えたり感じたりする空しさや寂しさは、時間と命の貴さに気づいていないから起こる現象である。

　自身の本性に従い夢中で生きること、夢中とは正に夢の中と書くが、楽しく生きるとはどういうことかを暗示するような言葉である。これがひとつのキーワードである。

　Ｉ・ターンとして楠に来た頃、泣いてばかりいたにもかかわらず、私には暗闇の遠い先にはっきりと明るい光が見えていた。それは、

ある種「今、自分は正しい道を歩いている」といったような確信に近い気持ちのことである。

　涙は寂しさからのものではなく、農業の経験が浅く技術的な未熟さを自ずと感じ、千坪の畑を前にして、手も足も出せず呆然自失している状態のことである。

　しばらくして、自分に出来るだけのことをすれば良いのだと思えた時、私はやっと歩き始めることが出来た。

　自分で考え出したことを、ひとつひとつ実験的な意味も含め、実践していくのはなんて

楽しいことだろう。

　私は来る日も来る日も畑の中を飛び回わった。鍬を打ちおろし種を蒔き収穫をし、自分で作った安全で美味しい作物を毎日食べた。

　そして床を張り替え屋根を直し、花壇を作った。労働はいつも楽しく、へとへとの体は毎夜安眠と熟睡をもたらした。

　そんな充実した生活にピリオドを打つ日が意外と早くやってきた。

　2018年の春、以前手術をした頸椎症の悪化により、千坪の畑の管理が出来なくなったのだ。「これ以上やったら危険だぞ！」と何

かが叫び、「まだ少しならやれる」とどこか で声がする。走っている汽車はなかなか止ま らないものだが、私はブレーキのペダルを ゆっくりと踏んだ。

そしてピンチ（愛犬）に言い聞かせた。 「どんなことがあっても一緒に行こうね」と。

何よりも自分自身に「もう千坪の畑の管理 は無理なのだ」と何度も言い聞かせた。ひと つの時代が、私の中ではっきりと終わりを告 げた。

この千坪の畑のことをもったいないと人は 言うが、私には全く未練はなかった。

本当にこの人ならと思える人が現れていた

ら、もちろんその人に託したかったが、残念

ながらそういう人は現れなかった。お借りし

た当初から、「草の管理が出来る間」という

約束でもあり、心の声が「去るのは今」と

言っただけのことである。

　何本ものアジサイ、レンギョウ、サクラ、

その他にも、バラやツツジ、スイセンやキイ

ジョウロウ等々、その四季を彩る花の数々は、

一本一本自分が植えたものではあるが、不思

議と寂しいとかもったいないとかいう気持ち

はなく、やるべきことはやったという達成感

と、この地を去ろうと決断してから、いくつかの草花を持っていく為に「何を」と選ぶ作業が楽しかった。

　次の地で命を繋ぐ植物達、ノアの箱舟に乗せる為のつがいを選ぶように幾つかの植物達を私は選んだ。

　10年前京都を出発した時、そして今楠を去ろうとする時。「思いが全然違う」とある人に言ったことがあるが、「今は出来ないことが増え、意気消沈して去っていくのだから」という返答であった。

　しかしその時私は、全く反対のことを心に

思い描いていた。今は10年前よりも深く広く物事を理解するようになり、自分をコントロールする能力も身についた。

　そのような自信と平安に満ちた心を持ち、次の目標に向かって行こうとするものであった。意気消沈ではなく、意気揚々と！

　年齢を重ねると確かに肉体は衰えるが、老いを否定的に捉える必要は全くない。

　若い頃は確かに勢いがあった。

　言わば無知なる暴走とでもいうものであるが、あれもこれもと、いろいろな情報がとりとめもなく自分の中で渦巻いて脈絡も繋がり

もなく、ただ漠然と混沌として存在していた
が、経験を積むことにより、次第に自分の中
で整理され淘汰され、自分にとっての精神的
骨格が露わになってくる。

　そんな多くの情報の中に、何かしら己の琴
線に触れてくるものがある。そして何かの瞬
間に、心の奥の奥に「ハッ」と小さな灯が灯
される。灯は大きくなり何かにつけて気にな
るようになり、やがてどうあっても抑えきれ
ない本性になって人は歩き始める。

　思春期の自我の目覚めと共に自分探しの旅
は始まるのだ。

そして私は今65歳。なんとも長い旅路で

はあったが、ようやくひとつの大事なものを

見つけることが出来た。

自己改革

　確かに青い鳥は近くにいたのだ。近くも近く私の心の中にずっと以前から住んでいたのだ。54歳から64歳までの10年間に、農に関わる3冊の本を書き終え引っ越しも終え、気分転換の為に読書三昧でもしようと図書館で借りた本の中にそれはあった。

　ちなみに絵画論で有名なかのラスキンは、図書館の本のことを「手垢にまみれた」と表現しているが、これは彼の本に対する評価の高さを表すものである。

本に対してもっと金銭を惜しみなく使いなさいと言っているのであるが、私には図書館の本のこともそう悪くないように思えるのである。

　何故なら自分の望む時にいつでも、世界の英知が両手を広げて待っていてくれるのである。誰がなんと言おうと、私にとって図書館は最高である（とは言っても外で遊ぶことも大好きな子供であった）。

　幼い頃から図書館は、私の大事な遊び場所であり、中学生の頃には授業の終わりのベルが鳴ると、猛ダッシュで図書館まで走って行き本の続きを読むのが楽しかった。

私がこの新しい地で、出会ったその本の名は「バガヴァッド・ギータ」である。

　その名の示すものは「神の言葉」というものであり、インドの三千年前の古典叙事詩である、まとまった宗教的なものとしては最古のものであるという。

　自然農に関わった10年の実践的生活から得た知識や知恵は、はからずもギータの中の教えと重なるところが多かった。

　この10年間のコツコツとした歩みの中から、私はいくつかの幸せになる為の法則を見い出していたが、ギータの中の言葉は、さら

に奥深き幸をさし示すものと思えた。

　各々の言葉は余りに素直に、まるで砂が水を吸うごとくに、なんの抵抗もなく私の心の奥底にまで染み渡った。

　読み進みながら正に正にと共感し、自分の居場所をやっと見つけたという心地良さが心の中に満ち満ちてくるのが解った。

　自分自身農的生活を経験するまでは、全くの無神論者であり、宗教家も宗教書も只の偽善、もしくはある一部分は人の歩く道を正しく示していると理解しつつも、人の創りしものに過ぎないと感じていたのだ。

何故ここに来て宗教書に目覚めたのかと自身不思議にも思うのであるが、10年の農的生活から実際に学び得たことは、余りにもギータの中の言葉と共鳴するものであった。仲の良い友人と会話を楽しむことが出来た、そんな感覚であったが、だからと言って巷にあふれている宗教書を鵜呑みにするということではない。

　現在の宗教家や宗教書が、本来あるべき姿でないものに成り果てているのにはそれなりの理由があるとも思う。

　例えば利潤の追求であったり、人々に解り

やすくする為の方便であったり等々…。

　自然農の畑では、日夜何かが生まれて何か
が死して、目に見えて変化をするものも目に
見えぬ程に変化をするものも、常に朝から夜
へ生から死へ東から西へ、はたまた上から下
へと有限を持つ全ての相対的なるものが、休
みなく変化の移行を続ける。
　ピンチに噛み殺された蛇は、長々とオクラ
の木の根元に横たわり、そのむくろは日中は
日の光に照らされて、夜は月光の元、露にぬ
れつつ３〜４日はその原形をとどめるが、５

日後、それらは黒い土の塊となって地に還っていく。そして、それは私自身の命の果てとも重なるものと理解できた。

　死んだムカデは、２時間後には蟻に運ばれて跡形もなくなる。夜明け頃まで蛙の産卵の唄が聞こえた次の日には、畑の中の小さな流れの中に１個１個の黒い卵を抱いたジェル状の粒が大きな塊となって静かに横たわっている。梅雨になる頃シッポが出て手と足が出て、やがて一斉に声をはずませる立派な蛙になる。

　草を刈って、その場に伏せておくといつの間にか土と一体となり、その場で栄養のある

土となりそこから新しき芽が出る。

　日々の変化を理論ではなく、肌で感じることの出来た農的な10年間であったが、そんな中で、命はめぐる（全てのものがお互いに関わり合って、亡骸の層が土に戻り他の命を育むこと）という考え方と、そうなることと定まっているものについて思い悩む必要がないという考え方は、自然と身につき深まっていった。

　多分その様な考え方は、おぼろげに母の死を経験した頃から、自分の中に芽生えていたものであると思う。

人は大切な人の死を身近に経験した時、その事について、自分なりの何か納得のいく乗り越え方を自ずと導き出すものである。

　ギータの中では、輪廻の思想は苦しみの始まりであると言っている。老いて病気や死への恐怖を、転生する度に何度も経験しなければならないという意味に於いて、この輪廻思想は、人の都合に合わせて間違ったまま、人々の間に広まったものとも思えるが、しかしもしそうだとしても、そうなると定まったことについて、思い悩む必要がないのである

ならば、都合主義的輪廻思想もそのまま受け入れられるものなのではないかと言う疑問が湧いてくる。

　輪廻思想とは、本当に苦の始まりなのだろうか？「死して生まれ変わる」のくり返し、苦であると思えば苦であるし、苦でないと思えば苦でないし、人が自身の意識をコントロールすることによって、自己を変革し得るというのもギータの教えのひとつであるが、自身というものが本当に変革し得るものであるならば、恐れるものは何ひとつないといえるだろう。

しかし果たして死とは一体どんなことなの
だろう。「死んだら一巻の終わり」と若い頃
は単純に考えていた。死と言うものを完結と
捉えるならば、死は一種のはかなさを伴って、
自分に覆い被さってくる黒雲のように捉えが
ちであるが、ギータの教えのように、自分の
魂は死後ある帰着点（永遠なるものに還る、
すなわちやがて消滅する）に還っていくもの、
そして自分の中には自ずと神が内在している
という考えを信じるならば、魂は生前におい
ても死後においても迷うことも不安定になる
こともない。このように人がひとつの拠所を

見い出すということが、こんなにも死の概念を軽々と飛び越えてしまうとは、大変興味深いことである。

　ここで言う拠所とは、宗教（神や仏又は超越的絶対なるものを信じて、安心や幸せを手に入れようとするもの）のことであるが、人が強さという幸せを手に入れるには、確かに宗教は人にとって必要なものであるに違いない。しかし宗教は、人を惑わすという面をも持ち合わせているということを忘れてはならない。

　また死んだ後に行くという地獄とは、一体どんな所なのだろう。ダンテの神曲に現わさ

れているような、途方もなく恐ろしき場所の数々に本当に落ちていくようなことなのだろうか。そのような灼熱の又は血の海のような地獄を考え出した人々の心理というものを考えると、生前に良きことをした人は、天国に行けるという考えの生まれてくるのもうなずける。日本人の多くは仏教の教えもあって、幼い頃からそのような考えを持っている人が多いと思うが、いずれにしても天国や浄土、又は地獄といった概念等、相対的なるものは、人智が創り出したものであり、全てが移ろい行く有限の世界の出来ごとに過ぎず、本当の

ところ何が真で何が真でないのかは誰にも解らない。何故なら、死んでこの世にもう一度帰って来たという人を私は知らないからだ。

　相対としての死という言葉も、呼吸が止まった状態を死ということも知っているが、死の本質又は死の内容、死より先の世界を私は知らない。

　霊と会話をする人とか、臨死体験をした人とかがいるのだけれど、私には信じることも否定することも出来ない。あっても不思議ではないしなくて元々という気がするのである。

　何においても人とは、自分の知識内のこと

しか解らないものだから。

　もし私がそのようなことを、自分自身で体験したならば、その時こそその体験を本に書こうと思うが、問題は、その世界を映像又は音声でとらえることが出来るかということである。

　解らないものを鵜呑みにするよりは只ひとつ不動なるもの、「神」の存在を私は信じる。全てのもの、有限なるもの無限なるものが「ある」ということを私は信じる。

　自分にとって明白であることとは、自分の

実際の生活の中で、日々の細々した実践的なことやコツコツした積み重ねから割り出したもの、又は見えてきたもののことであり、なんら揺るぎない確信によって、裏打ちされたもののことである。

　今私の中に確信としてあるものは、紛れもなく自身の経験から又は歴史的な事実から得たものであり、行為の結果又は答えそのものである。確かに、私達は限りある時の流れの中で生きているのであるが。

　人の思考には際限はない。何故なら人は、意識の中で無限という観念、又は概念を限り

なく深め広げることが出来るからである。

　死んだ人が、生きていると表現することが
あるが、それはその人をよく知っている、又
は愛していた人の心の中の意識によって、生
み出された記憶もしくは幻影にすぎない。

　私が「KANOMONO」について、おぼろ
げにではあるが意識し始めたのは、中学生の
頃ゴーギャンの絵のタイトル「人はどこから
来てどこへ行くのか」というものに出会って
からのことである。

　そのタイトルを見た時、確かにそうだ「私
はどこから来てどこへ行くのか」と思った。

その言葉が妙にしっくりと、しかも強く私の心に残ったことを覚えている。それ以降その言葉は、いかなる時も私の心の奥の方でくすぶりながら見え隠れしていた。

　しかし実際には、その答えは永遠に見つかることはない、そしてその答えのないそのこと自体が、実は全ての土台であるということも又事実なのである。

　人は本当に沢山のことを知り得て来たようにも思うが、たったひとつ答えることの出来ないものがあることを知った。「人はどこから来てどこへ行くのか」である。

人は何故存在しているのか。この美しい花や木は一体誰が創ったのか。この犬の鋭い嗅覚を持つ長い鼻をデザインしたのは一体誰なのか。魚が水中を自由に泳ぐように人は考える。それは人が考えるということが人の資質・本性として神に与えられたものであるからである。

　誰にも答えられないものがある。誰にも見ることの出来ないものがある。この宇宙の始まり、この宇宙はいつどこでどのようにして生まれたのか。

　例えば新しく買ったウールのセーターに、

いつの間にかウールを食べる虫が生まれている。いつの間にかの「いつ」はどのようにしてその何もなかった所に発生したのか。多分「卵がついていた」と誰かが言うだろうが、その卵は一体どこから来たのだろう。自然界の元素、何かと何かと何かが偶然出会って、ひとつの命が生まれる（人は当り前のように、ひとつの命が発生することに無頓着になっているが実は凄いこと）。

　以前飼っていたニワトリが、毎日卵を産むのだが、その一つひとつの小さな卵の中に親と同じに生まれる為のもの、目と鼻と耳とく

ちばしと、それからありとあらゆるものの元となるもの、ニワトリに成るべく必要不可欠な全ての物が内蔵していて、その内の何ひとつが欠けても命にはならない完璧なひとつの卵が、24時間に1個創られて母親の産道を通ってこの世に出てくる。

　この事実を神の技と呼ばずに何と呼ぶのだろうか。

　毎日ニワトリの産む卵を手に受けとりながら、私は自然の知性に驚嘆せずにはいられなかった。

　もちろん人間の体内でも日々凄いことが起

きている。いろいろな食べものが口から入り、血となり肉となり手や足を動かすエネルギーとなり精神を司る。

どうしてこんなに見事な物質の変換が行なわれるのか。自然の営み自然の知性にふれて、やはり人の計り知ることの出来ない力を感じない訳にはいかない。

ｉＰＳ細胞を発見した山中伸弥さんが、テレビの中で「人は何も知らないということを知るべきです」と言った言葉が、非常に印象的であった。

何億年か前に、人の命もいつかどこかで、

何かと何かと何かが偶然出会って、自然発生的に生まれたのだろうか。もしそうだとするならば、母の胎内で約10カ月間その育成期間を待たずに、生まれ出づる命がどこかに無きにしも非ずであるが、そのような話は未だ聞いたこともない。

　もしそうでないのなら、誰も見たことのない「KANOMONO」という存在が、人間の種、花の種、鳥の種、木の種その他ありとあらゆる数えきれない程の命の種を、この地球という星にばらまいたに違いない。

　全ての命あるものは、進化の過程で現在こ

のような形で存在しているということは、歴史が証明していることであるが、それにしてもこの多様性や宇宙の存在そのものについて考えるに、やはり自然（自ずから発生し、やがて消滅する、そのことが無限に続くこと）というものを、不可思議なものとして感じずにはいられない。不動なるもの、そういう存在があるとしか思えないということが、ごく自然に私の中であるものについて「ある」と思えた。

そしてその一点に気づき、事あるごとにその一点に集中していくと、いろいろの変化が起こり始めた。

自分の還っていく帰着点（消滅するということを示しているのではあるが、ある意味それは通過点とも同等のものである）を見つけたことで、心は安定し揺らぐことなく全てのものが整然と見えてくる。

　自分のするべきことも、自然に目の前に提示されるようになる。何か問題が起きても悩み煩うことはない。自分自身に向き合うことで問題は自ずと解決する。

　どんな状況に対しても臨機応変に又創造的に対応する心の準備と柔軟さを手に入れたこと、今ある問題は自らが招いたものであると

認識していること、心の中に拠所としての確固たる判断基準を持っているということ。心はいつも平安で幸福感に満ちている…等々、自分の内なるものが満たされているので、何がしかの娯楽等は必要としないが、人は人と心を共有出来ないことを感じる時は、やはり孤独を感じるものである。

　大勢の中でこそ孤独感は大きくなるが、孤独は悪いものではない。自分の心と対話をするにおいては必要不可欠なものであり、真の孤独を体験し深く自身と対話の出来る人は、実人生の中であるひとつのものを獲得するこ

とが出来るだろう（納得いったと感ずること）。

　又たとえ、無限の世界を感知できる能力のある人でも、人はある意味有限の世界を生きているのであって、有限である時をいかに有意義に幸せ感を持って生きていけるかということに、人の思いは集約することが出来るのではないだろうか。

　もちろんそれは、自分だけが良ければよいと言うような幸せ感ではない。

　そして人は幸せを能動的に望み、確かにそれを目的として生きる動物であるとも思う。

たとえ、宇宙というものが無目的に存在する
ものであっても。

　人は火を使い、文字を記録することを覚え、
高度に発達し、今では余りにも自然の営みか
ら逸脱しているようにも思う。

　しかし、それでも人は特別なものではない。
命ある全てのものが、自ずと生まれ、考え、
成長し変化し続けている。多分人の手によっ
て、この地球という美しい星が亡びる時、人
は特別な存在になるのかも知れない。どちら
にしても有限なる全てのものはやがて消滅す
る……。

バガヴァッド・ギータは、人の書いたもの
ではあるが、その言葉は人の行く道を照らし、
どのように歩けばよいのかを教えてくれる指
針ともなるようなものであり、世界でも秀で
た哲学書ともいうことが出来る。

　人生や事物の根本原理をきわめるのが哲学
という学問であるが、自分なりの哲学を持たな
ければ、この道を豊かに歩くことは出来ない。

　受け入れる能力のある人に対しては、文字
は文字を超え生き生きと働きかけるものとな
る。そして聖書の中でも言われているように、

言葉をよく理解する人は人の何倍もの実りを
手にすることが出来るのである。良き土台に
は良きものが実るという訳である。

　バガヴァッド・ギータには、いくつかの重
要な言葉がある。それは「放棄」「平等」「信
愛」である。放棄とは、全ての欲望を捨てて
全ての結果を神に委ねること。

　平等とは、全てのものの命を神の創りしもの
と理解し、全てのものの命を等しく見ること。

　信愛とは、神の存在を信じて疑わないこと。
それらの言葉は、勢いよく私の心の中に飛び
込んできたが、放棄や平等については、どの

ように理解し実生活にとり込んでいくのか。私にとっては未だ未知数であり近づきつつあるといったところである。

　しかし不思議なことに「KANOMONO」の存在は、確信的に信じられるのである。この神と呼ばれるものは、宇宙の全てを創り出し、司り、包み込み内在するものである。そういうものを私は「ある」と信じる。

　このように神の存在は信じて疑わないのであるが、自身の生活の中で理想に近づく為に、今ある生活から不要なものをどのように捨て去るのか、又命あるものの平等を、どうやっ

て理念ではなく実生活の中で具現化していくのかという思いが、心の中で行きつ戻りつするのである。ギータを自分なりに解釈し、簡潔にまとめると次のようである。

　神の大いなる構想によって生かされている己を信じて行為をすればよい。人は智識によって全てを感知するものである。そしてその智識はいかようにも考えが及ぶものであるから、人は自在に変化することが可能である。

　しかし智識のない人は、全てにおいて気づかず有限なるものに惑わされて、いつまで経っても真の幸福に至ることはない。

全ての命あるものを不可思議なるものと知るならば、神の存在は明らかとなり、相対するもの、すなわち有限なるものを超越する（有限でありながら無限を感知する）。

　人の意識の中で、有限なるものと無限なるものは別々の物でありながら、しかもひとつの世界（果てのない）の中に林立又は交差しているようなものである。

　心の奥底に常に帰着点を持ち相対的なることに引きずられることなく、全ての執着を解き放てば（自身が正しい位置にあるべき所に立つこと、それは観察と只事実のみに目を向

けることによってのみ感知できるものである)、人は安定に達する。そしてついに最後には、信じることも願うこともなく、意図することもなく、ただ自然に「委ねる」となる。それは死の直前のことである。

　争い難く心の奥底から湧いてくる思いに従って行為をすることは、人として正しい道であり、人は死によって「永遠」というものに帰着するものである（生も又永遠というサイクルの中での出来事である）。

　10年間自然農をしていた千坪の畑でポツンとひとり、ゆったりとした時間と共に流れ

ている時、自然に身を委ねているような不思議な感覚がやってくる。深い深い自然という知性の只中に、自分という神に創られしものがある。推し量ることも出来ぬ程の英知に気づき、自ずと自然に対する畏怖の念が湧き上るが、解脱というものがどういうものであるかを知っている訳でもなく、又解脱を求めるべく努力をしている訳でもない。今という時をいかに大切に生きるかを考えようとしているのだ。

　自分に与えられた時間を、決しておろそかにせず努力をする、それが自分のするべきこ

とと理解するものである。

　理性が人の行動を左右するものであるなら
ば、人はどのようにでも変化し得る動物であ
るといえる。抑制とコントロール、自我の本
性に気づき「〜になろう」と心に働きかける。
気づきと自己への働きかけによって、人とい
うものがいかようにも変化し得るものである
ならば、それはなんと楽しいことであろうか。
そしてそのことについて命のある限り、考え
ることが出来るとは、なんて楽しいことだろ
う。

　いつの間にか自分探しの旅は、自分創りの

旅に変化していたようである。

　10年前、確かに私は自分探しの旅に出たのだったが、今やいかに己を変革するのかという問題と対峙しているのである。人は平均値なるものから脱却するのに、ずい分と時間がかかるものである。

　自分の奥底で、自分でも気づかぬ内に「ハッ」と小さく「思い」の灯が点火される、それは厳密に言えば、自身の閃きなのか、それとも大いなる神の采配によるものなのか、それは解らない。人には言葉や行為になる前に、必ず無意識なる思いが心の中に存在する

ということである。

　私は何故、このバガヴァッド・ギータという本をとり上げたのか。

　人は確かに各々の生活の実地的体験によって、様々なことを学びとるものであるが、このような活字となって表されているものからも、素晴らしい知恵と力を授かるものである。

　ここに思惟と実践と結果についての端的な言葉がある。私の尊敬してやまないマザー・テレサの言葉であるが、少し引用してみよう。

思いに気をつけましょう。

それはいつか言葉になるから。

言葉に気をつけましょう。

それはいつか行動になるから。

行動に気をつけましょう。

それはいつか習慣になるから。

習慣に気をつけましょう。

それはいつか性格になるから。

性格に気をつけましょう。

それはいつか運命になるから。

マザー・テレサの思考と実践により、人の

意識が人の行動をいかに左右するものである
かは実証されたと思う。

　マザー・テレサの日々を記録的な文面で
綴った、その名も「マザー・テレサ」という
本は、最初から最後までマザー・テレサの神
への祈りと神との対話に終始するものである
が、マザー・テレサは、聖書の中の言葉に導
かれて（彼女にとってそれは神と等しく、言
葉は正に生きて彼女の行動を後押しするもの
であった）、己の望むこと、もしくは神の大
いなる構想により、彼女は貧しき中でも最も
貧しき人々に手を差しのべたが、その行為に

至るまでには、彼女も又長い年月を必要とし
たのである。己自身又は神との対話が延々と
続くのである。その地道で果てしのない道の
りのことを考えて、私は涙なくしては「マ
ザー・テレサ」を読み進めることが出来な
かった。

　マザーの偉業は、正に修道院という囲いの
外へ飛び出した時から始まったといえるが、
いつまでもマンネリの中で右往左往している
人は、どこまで行っても井の中の蛙全てを見
ることも己の位置を知ることも永遠にない。

　マザー・テレサが、聖書から汲みとったも

のとは、一体どのようなことだったのだろう。

　彼女が、聖書をひもとき到達したことは、神の御心のままに生きるということであった。晩年の彼女の行いは、自己放棄（自分の真に求めるものに到達したということ）に到達し、神と共に歩んだ人の行いとしか思えない。

　神の教えを実人生の中で実践できた人は、私の知る限りにおいてマハトマ・ガンディーとマザー・テレサの二人のみである。

　マザー・テレサの言葉をもうひとつ引用してみると、「何も持たないということは、全てを持っているということです」というもの

であるが、何とも深い言葉である。どうすれば何も持たないで平気でいられるだろうか。たとえキリスト教というバックがあり、衣食住に困らなかったとはいえ、マザーの歩いた道は余りに険しく思えた。

　友人が、マザー・テレサの本を読んで「同じことばっかり」と言ったが、正にその同じことばかりを気の遠くなる程続けること、来る日も来る日も人には同じに思えることについて（本当は１度でも同じことはない）、どれだけ意識を集中し自身の思いを傾けたことだろう。脇道にそれることなく己の道を歩いた

人は、他の誰も到達し得ない世界に到達する。

　人はその先に夢や希望を見据えているから、そんなに先まで進めるのだ。

　これで夢や希望というものが、人にとっていかに大切であるかということが解るだろう。

　又ギータに影響された人といえば、先ずはマハトマ・ガンディーの名があげられると思うが、彼はギータの教えに導かれ、余りに大きな業積を残した。ガンディーがどのようにギータを読み解き、どのように実践に繋げていったのか。彼自身の言葉によると、聖書の中の「山上の説教」といわれるものや、ラス

キンの「この最後の者にも」という著書の中の言葉等にも強い影響を受けたとある。

それらと、ギータの中の言葉「平等」や「放棄」、そして自治の考え等が重なり合い、彼の中でひとつにまとめられ、彼独自の方法論へと昇華していくのである。

そのような考えが彼の中で確固たるものとなり、奉仕ということが彼の中で最も大事なテーマとなったと考えられる。

彼の注目すべき行為のひとつは、先ず自分自身の意識の改革に着手したことにある。

マザー・テレサとガンディーが残した業績

は、とりも直さず人間が持つ変革する能力の可能性を世に知らしめるものであった。

　私がギータに出会ったのは、65歳の時である。遅い出会いではあるが、今自分の中の「機」というものが熟して、ギータの中の言葉を素直に受け入れる準備が整ったのだと思った。

　ギータの中でも言っているが、確かにそれを受け入れる素養のない人には、伝えるものも伝わるものも何もないに違いない。「求めよさらば開かれん」ということのようである。

　飲まず食わずの苦行をして、解脱を求める

気にもなれず、ヨーガの達人にもなれそうに
もない。都合主義的な輪廻主義にとどまるも
そう悪いことのようにも思えない。

　何故なら、この人生そんなに悪いことをし
た覚えもないし、何よりも人は意識の持ち方
によってどうにでも考えが及ぶものだから、
私自身ひょっとすると、何か心地良いものに
生まれ変われるかも知れない。

　例えば野に咲く菫とかに…。

　そもそも死というものを、そんなに恐いと
思ったこともない。それは死というものが遅
かれ早かれ誰の頭上にも必ず訪れるものだと

いうことを、私は知っているからだ。本当に怖いこととは、自分の道を歩いているという実感を持たずにこの道を歩くことである。

「KANOMONO」の存在は、疑いようもなく信じるのであるが、このように解脱を求めるのでもない者を一体なんと呼ぶのだろう。

死について、人は若い頃には人ごとのように感じるものであるが、大きな病気を経験したり、年が重なって60歳を過ぎてくると、死は非常に身近な存在となる。

50代の半ばに乳癌と頸椎症というふたつ

の大きな手術を経験したが、その時心の中では「転んでもタダでは起きない」と、入院の為に向かった車の中で私は考えていた。

　この経験を是が非でもプラスに転じるという強い思いがあった。

　手術後の生活は、今までよりもさらに前向きな積極性を持つものとなり、さらに明るさと自信を伴うものであった。

　今ある現状をそのまま受け入れ先へ繋げるという問題提起は、大きな病気に直面したことを軽々と乗り越えてしまった。

　そして今の生活は、健康について自信満々

の慢心を改めて、自分をいつわらず「今」と
いう時の貴さに気づき、いつも命あることに
感謝をし、自分に与えられた時間を軽んじる
ことなく大切に生きようというものである。

　人は、自分の今持っているものを最大限生
かすことを考えねばならない。

　今自分の持っている駒が全てをにぎってい
るのであり、大事なのはその駒をどのように
美しく輝かせるかを考えることにある。

　若い時、絵を描いていた頃は、アルバイト
で得たお金を全て絵の具やキャンバス代に
使ってしまい、父に「年をとったら、どう

やって生きていくのか」と問われ、「今のこ
とを考えて生きたい」と答えたが、今から考
えると若者の特権、随分と浅はかな言動で
あった。

　ある意味間違ってはいないのだが、全体が
見えていなければ、良い駒も生かしようがな
いということだろう。考え方が偏りすぎて転
覆してしまった。

　今までの人生で、なんとたくさんの失敗と
挫折が重なったことだろう。

　若い頃は「今絵が描けるなら、のたれ死ん
でも構わない」とさえ思ったが、よく考えれ

ば、のたれ死ぬということもなかなか勇気の

いることである。

　多分その時絵を描くことと、生活の土台を

築くことの両立を「今」と考えることが出来

ていたら、私は今も絵を描いていたかも知れ

ないが…これは後悔ではなく、ただの回想で

ある。

　そして今では、食事に気をつけ適宜運動を

して、人として正しい道を歩くことや生活の

土台についても考えが及ぶようになった。若

い頃のように無理が利かなくなったというこ

ともあるが……。

この神様から頂いた体と能力を最大限生か

せるよう、ポンコツ車を完璧な状態にするべ

く日夜努力するのである。

　若い頃から、手や体を使って何かを創り出

すことが、私にはとても重要であった。自分

を夢中にさせるものを見つけるのが上手かっ

たということもあるが、人生をたいくつと感

じたことはない。確かにあり余る程のお金を

手に入れることは出来なかったが、自分を不

幸せと思ったことは一度もない。

　自分の考え出すアイデアと働きが、いつも

自分を救ってくれた。

何より体を動かす労働によって得る日々の糧は、人としての尊厳を保持する為の土台となるものであり、全ての動物は、自身の働きによって日々の糧を調達するものと定められたものである。

　しかし、人がどのように努力をしようとも、肉体はいつか滅んでいく。そして、それはこの世の常とも言うべきものである。

　人は年を重ねると、数えあげることも出来ぬ程の老化現象に遭遇するものであるが、精神は若い時よりも若く強く、物事を見抜く洞察力は増し、知恵と知識は広く深くなっている。

しかし世の中を見回すと、なんだか老人の居場所がなくなってきているようで「老人はその隅にでも引っ込んでいなさい」と言った態である。

　老人には何も出来ないとみる世間の風潮は、悲しいものであるが、それは間違った認識であって、老人には老人のするべきことがあり、年を重ねた人も自分の老いた姿を見て卑下することはない。その年にはその年の美しさが必ずあるのだし、肉体は滅びるが人は老いてさらに輝くものだから、今までに自分に与えられた義務を果たすことにおいて、戦うとか

もがくといった言葉で考えことは一度もない
が、眼前に起こってくる問題は、自分の解く
べき問題であり登るべき山のようなもので
あって、いかに答えるか、又はどのように登
るかを考える楽しみに他ならない。そしてそ
の問題が大きければ大きい程、学ぶことが多
いということを私は知っている。

　人は60歳からが、本当の顔なのではない
だろうか。若さというエッセンスを失った
60歳からの顔、内から出てくるもので輝く
しかない顔のことである。

　人生を怠けた人には怠けた人の印が、体に

も顔にも現れるというのが、私の持論である。

　そして人とは、全ての行為の結果をあまね

く自身が受けとると定められたものである。

終わりの章

　ギータや聖書からインスピレーションを受けて各々に精神の高みへ到達し、世界を変革していった人とは、一体いかなる人達であったかと考えるに、高潔な精神、又は内なる精神に目覚めた、たった一人の人を指し示しているということが解るだろう。〜党にとって代わって〜党が頭角を現しても結局同じことである。

　若い頃、自分の心に正直になるには、どうすれば良いのかと、人の価値感に振り回され

ながら私は考えた。

　権力や野望や押しつけから、少しでも遠くにいたいと思った。安心や安全を手に入れたつもりで、実は自分の魂までも売ってしまい、権力の奴隷になり下っていても気づかない人達がいる。本当は自由に使えるはずの自分の時間というものを、人はどれ程考えなしで使ってしまっていることか。命と時間とは同等のものであるというのに……。

　人が肉体を持っていられるのは、宇宙時間でいうとほんの一瞬である。人はその限りある時間について余りに野放図である。

人がたったの１秒でも後戻り出来ないということは、周知のごとくであるが、時間の大切さを意識するかしないかでは、全く実人生のあり方が変わってくるというものである。

　世の中で一番大切なものとは、又世の中を変革し得るものとは、一体どのようなことなのだろう。それはどんな人の心の中にもあるという「良心」の存在である。

　一人ひとりの心の中にある良心が目覚め、それに従って行為をすること、只そのひとつがこの世を良きものにすることの出来るものであると私は確信する。

これは「理想論だよ」と言うところに、い
つも落ちつくようなものであるが、それを理
想と認めるならば、人は何故それを頭から無
理なことと決めてかかるのであろうか？　や
みくもに自分の時間を使い切るよりは、理想
に向かって努力をすることの方が、どれだけ
心地良いことか解らない。

　人は思い出さなければならない。人はその
理性によって、どこまでも変革し得る本性に
生まれついているということを。

　この長い歴史の中で暴力を否定し、平和的
に社会に貢献したマザー・テレサとマハト

マ・ガンディーが、共にさし示しているもの
は、本念自分の望むことに全力をあげて奉仕
をし、命をかけたその実践によって、自己と
社会までも変革し得たという事実と可能性に
ついてである。

　このように考えると、教育の中で最も大事な
ことは、人が人としてどうあるべきかを考える
倫理又は道徳であるということが解るだろう。

　私が幼い頃には、そのような時間が設けら
れていたのだが、いつの頃からか全くなく
なってしまった。

　連日ニュースで報道されるのは、親殺しや

子殺し、又はいじめによる子供達の自殺等である。そして人は金銭的な損得に右住左住し、物質的な豊かさを幸せと思い込んでいるように見える。

だが物質的な欲望が、実はなんの満足感も与えないものであることを私は知っている。

貧しさの中で創意工夫をすることが、いかに楽しいことであるかも知っている。人は確かに、自分にとって必要以上のものを望まぬ方がよい。

人が人として幸せを得るには、先ず自身が問題に気づく必要がある。「本当に大事なも

のは何か」である、問題に気づく意識が知恵を生むのである。知恵と智識によって己の本性が真に欲するものを知り、それを手に入れることが出来るのである。

　何年か前に、ウルグアイの元大統領ホセ・ムヒカが日本にやって来た時「日本は魂を売ってしまった」とコメントを求められて答えていたが、非常に残念な言葉である。

　何を選び何を淘汰するのか、そのことを先ずは真剣に考えるべきではなかったのか。そしてその問題は、今現在も私達に投げかけられているものである。原発問題、ゴミ問題、

沖縄問題等々……しかし自分の痛みなしに反対ばかりを叫んでみたところで、何も変わるはずもないし、誰かに伝わるはずもない。物質的豊かさや便利さは自然の豊かさや営みとは全く反対のものである。先ずは自分の利潤を捨ててから自由を叫べと思う。己の国の第一次産業を見直し人を育て、国の土台のことを考えなくてはならない。

それらひとつひとつの問題は、政治家だけの問題ではないという問題意識が、日本人には欠如しているように見える。

核を持たない日本国とは、今非常に不安定

な立場にあり、平和ボケしている場合ではな
いという気がするのである。

　アメリカによる植民地化は、確かに進んで
いる。

　それに加えて地球自体もあちらこちらで悲
鳴をあげているようにも見える。そんな中で
自分には一体何が出来るのだろう。

　確かに、ある意味全てのものは大団円にな
るようにしかならないものではあるが、不条
理を目の当たりにして、自分にも何か出来る
ことがあるのではと考えるのも、又人の性と
いうものである。

神様が下さった残りの時間をどのように使うのか、それが問題である。

　ギータに出会って、自分の中に変化が起きている、それはスノードームの中の雪が音もなく降り積もるように、静かに静かに進行しているようなものである。

　ギータによると、人は死の真際に願ったものになるという。78歳で凶弾に倒れたガンディーは、膝からくずれ落ちながら「オオラーマ」とつぶやいたそうである。マザー・テレサは87歳で亡くなったが、見守

るシスターに支えられ、ベッドの横にあった
イエスの王冠に触れて「ジーザス」と言って
静かに死を迎えたそうである。

　このように死に直面しながらも、神の名が
出てくるというのも、私には神の采配としか
思えない。願わくば自分もそうありたいと願
うが、それは神のみぞ知るである。

　実際のところ、人には元々神が宿っている
ものだから心配する必要はない。消滅し再生
する只それだけのことである。

　65歳になった夢子に、自己改革（自分の
理想に向かって日夜努力を重ねること）とい

う言葉を教えてくれたのは、マザー・テレサとガンディーの生き方、そしてバガヴァッド・ギータである。

　人は強い時ばかりではない。知らぬ間に開き直ったりあきらめたり、つい怠けてしまっていたりするものである。時には立ち止まったりしつつ、今までも確かに前進して来たつもりではあるが、今は以前よりも、もっとはっきりとした意識と足どりを感じて、歩いていると思えるのである。

　人の時間というものは、短いようでもあり長いようでもある。平坦なようで険しくもあ

る。そのような道を歩く時、1本の杖か又は
ひとつの灯があれば、どのような違いが出て
くるだろう。決して楽をしてこの道を歩こう
とは思わないが、出来るなら自分の納得のい
くように歩きたい。

　若い頃は確かに勢いだけでも生きていられ
たが、今では哲学も宗教も人にとって必要な
ものであると感じている。

　夢子は、さて人生はこれからだと、腹の帯
を締め直したところである。

　今がこの地を去る時であると決断してから
約1年が過ぎた。

引っ越しの度に荷物を処分し、私は少しず

つ身軽にそして貧しくなった。童話の中に出

てくるワラシベ長者の逆バージョンのように、

何かあるごとに私の持ち物は少なくなった。

黒檀の立派な飾り棚も花梨の客机も処分し、

手元には一客五百円の安物の椅子とダイニン

グテーブルを残した。

　身の回りの物が整理されていくのは、とて

も気持の良いことであり、荷物が少なくなっ

て、私は着古した木綿のシャツのように妙に

こざっぱりとした自分を感じた。

　人は結局のところ何ひとつ持って死ぬこと

は出来ない。もし何かひとつだけ持って死ね
ると言われたら、これも又悩みの種になるに
違いない。思うにこんな時、人はとんでもな
いものを選んでしまうのではないだろうか。

　65歳の引っ越しとは、なかなかエネル
ギーのいるものであった。終わってみれば急
に白髪が増えたようで、思いの外高い山で
あったのだと思った。

　少しは畑の出来る所と最後まで迷ったが、
手に入れた所は全く畑の出来ない所であった。
神様が導いて下さったのだと思い、これで良
かったのだと今は思う。

今まで千坪の畑を自在に走り回っていたピンチは、今では首輪をつけて朝・昼・晩と近所を散歩するようになり、あんなに怖がっていた人にも慣れて、自分から寄っていきアゴの下を撫でてもらうのが好きになったようである。

　遊び友達だったモグラや蛇の代わりに新しく犬友が出来て、それなりに新生活を受け入れたようでほっとひと安心である。

　千坪の畑の管理が出来なくなった夢子に書く時間を与えて下さった神様に感謝をしつつ、

明日とは未知なる冒険であると、まるで青年のようにどこまでも前向きで新鮮な気持ちでいっぱいである。

どれだけの時間があるかより、どれだけ真剣に自分の時間に向き合ったかが大事なことであり、人はこのたった１秒でも後戻り出来ない時間の大切さに早く気づき、本当に大事に自分の時間を生きなくてはならない。

何故ならば時間とは、自分にとって一番大事なことに捧げるものだからである。

たとえ、実人生で「KANOMONO」というものに死んだ後帰着するということに気づ

いたとしても、それは現世をいかに有意義に過ごすかということの指針となるものに過ぎない。

不可思議力が全身を貫いているのだ。ある意味それは完全な均衡を保ちつつ、己の中心点で立ち、右へ左へ揺れ動きながら、知らぬ間に静かに平行をとり戻す、あのやじろべえというものに似ている気がするのである。

ここでは死というものは、終わりを意味するのではなく、永遠に回帰すると定義するものであるが、それは命がめぐるという永遠の循環を示すものでもある。

幸せとは、もちろん自分自身の手でつかみとるものではあるが、全ては神の御手の中での出来ごとであると、私は理解している。

　そしてたとえ小さくても、己の一生懸命を積み重ねることと、只々事実にのみ目を向けるということが人に出来る全てであると私は思う。

　激しい雨音が背後から迫ってきて、大粒の雨と共にアッという間に私を追い越していった、肉体の変化は精神の若さをはるかに超える勢いで通過していくものである。雨が上から下へ降るように…。

枝が伸び草丈が高くなり、道なき道となり、全てが自然に還るのは一瞬の出来事である。

　楠での日々が終わりに近づきつつあったある日、私とピンチは、美しき川との別れの為に、家の近くにある佐々部橋のたもとに行ってみた。2匹の鴨が悠々と流れに乗って、左へ大きくカーブを切って行くところであった。

　山から下ってきた、その清冽な流れは、レンブラントの眠れる森の美女（オフェリア）の絵の中に出てくるあの緑濃き水の流れとイメージが限りなく重なって、語りつくせぬ程の思いが次から次へと私の心をよぎった。

山ツツジの花が辺り一面をその独得の色で染めあげ、時折強く吹く風がまだ大きくならないサクランボの赤い実をパラパラと音をたてて私のムギワラ帽子の上に落とした。心地良い感触と朝の光の中で、この地の自然の豊かさをしみじみ感じながら、一抹の感慨が私の心を通り過ぎた。

寂しさでもなく悲しさでもなく、只いとおしくこの地を私は愛でた。美しく満ち足りた楠の自然に、私はそっと心の中で「ありがとう」と言った。

最後の一年間、楠は私に最高の時間を与え

てくれた。こつこつとたゆまぬ努力をすることを学び、私はこの地を去る。

　思うに人とは、その思考するという本性の故に、いかなる状態にもとどまることが不可能であり、たとえ神から与えられた豊饒を只々享受していたアダムとイブの原風景を理想と思い描いたとしても「ああでもないこうでもない」と試行錯誤をくり返し、そのあげくに「何もせずとも良かったのだ」と言う原点に立ち返る。

　人とは、そんな性を背負った動物でありその思考と行為の過程にこそ、意義を見い出し幸

せを感じる他はない生き物なのだと思える。

　遠くで山鳥の力強い羽ばたき（母衣を打つ音）ドラム・ロールの音が、いつまでも鳴り響いていた。

終わりの言葉

　　私の知る限りにおいて、この世の中

　　で一番長い直線は水平線だ。

　　青い海を見ることは、なんて心地良

　　いことだろう。

　　この世の中で一番美しい円は、この

　　地球をとり囲む空のことだ。

　　青い空を見上げることはなんて心地

　　良いことだろう。

　　世の中には希望や夢を持たなくてよいと言

い切る人もいる。

　神なんてものは必要ないと言い切る人もいる。

　だから私は、あえて神はいる、人にとって夢や希望は必要だと言い切ろう。何故なら、その方がこの道は豊かになるからだ。

　70歳近くともなると、孤独であることもどうでもよくなってくるものである。自分が今出来ることを遂行する、ただそれだけのことだと思えるのである。

　残りの時間が短くなるにつれて、ますます時間は楽しくなり、輝きを増してくる。

　人とは百人百様、たとえ同じような経験を

したとしても、各々に少しずつ着地点が異な

るものである。

　人には各々にひとつずつの物語がある。

著者プロフィール

夢みる夢子（ゆめみるゆめこ）

1953年生まれ。
京都出身、和歌山県在住。

2015年 自費出版「夢みる夢子の田舎暮らし『ヘブン自然農園』」
2015年 自費出版「夢みる夢子の田舎暮らし『夢のつづき』」
2016年 自費出版「夢みる夢子の田舎暮らし『ヘブン自然農園』」第2
　　　　刷発行
2018年 自費出版「夢みる夢子の田舎暮らし『その実践』」

KANOMONO

2021年10月15日　初版第1刷発行

著　者　夢みる夢子
発行者　瓜谷　綱延
発行所　株式会社文芸社
　　　　〒160-0022　東京都新宿区新宿1－10－1
　　　　　　　　電話 03-5369-3060（代表）
　　　　　　　　　　 03-5369-2299（販売）

印刷所　株式会社平河工業社